... noch ein Kuss
und dann ist Schluss

Martina Rauch & Kerstin Zschocke

Inhaltsverzeichnis

Leo, der kleine Leopard

Leo, der kleine Leopard,
ist so wie jeder seiner Art.
Nur sein Bauch ist dick und rund.
Das ist leider nicht gesund.

Und seinen Lieblingsplatz im Baum
erreicht der kleine Leo kaum.
Oft fällt er hinab ins Gras
und landet unsanft auf der Nas'.

Traurig läuft der Leo heim.
Seiner Mama fällt was ein:
„Lieber Leo! In deinen Taschen
hast du immer viel zu naschen!

Steck' lieber eine Möhre ein,
dann passt nicht so viel Süß-Kram rein!
Wir können gern gesünder fressen,
einen tollen Saft uns pressen.

Frisches Gemüse gibt's noch mehr,
du wirst sehen, das ist nicht schwer!"
Das will Leo ab jetzt machen,
will seine Taschen mehr bewachen!

Oft läuft Leo eine extra Strecke,
schläft dann kurz an einer Hecke.
Klettert besser auf den Baum
Und der Bauch stört nur noch kaum.

Seine Mama freut sich sehr,
denn Leo schafft nun immer mehr.
Sein Bauch ist zwar noch etwas rund,
doch Leo fühlt sich jetzt gesund.

Leo denkt nach: „Wie war's denn bloß?"
„Was war heute sehr Schönes los?"
Basteln, Freunde, Sport und Spiel,
manchmal wenig und manchmal viel.
Dann überlege mal: „Wie war es bei Dir?"
Wenn Du möchtest, erzähle es mir.
(**Lesepause** – Lassen Sie Ihr Kind von den schönen Erlebnissen
des Tages erzählen.)

Jetzt denk' an was Tolles und schlafe ein,
so wird die Nacht für Dich wundervoll sein.
Und ganz zum Schluss
gibt es einen dicken Kuss.

Alex, der kleine Adler

Alex heißt der kleine Adler.
Er fliegt schneller als ein Radler.
Doch es fällt ihm manchmal schwer,
denn sein Flügel wächst nicht mehr.
Drum' muss der andere stärker schlagen,
um ihn durch die Luft zu tragen.
Zwar gibt es Freunde, die ihn necken,
doch Alex will sich nicht verstecken.

Denn er weiß, dass jedermann
irgendetwas nicht gut kann.
Trotzdem ist das Leben schön,
kannst Du auch das Gute sehen.
Wichtig ist, wie Du es siehst
und ob Du die Dinge auch genießt.

Alex denkt nach: „Wie war's denn bloß?"
„Was war heute sehr Schönes los?"
Basteln, Freunde, Sport und Spiel,
manchmal wenig und manchmal viel.
Dann überlege mal: „Wie war es bei Dir?"
Wenn Du möchtest, erzähle es mir.
(**Lesepause** – Lassen Sie Ihr Kind von den schönen Erlebnissen
des Tages erzählen.)

Jetzt denk' an was Tolles und schlafe ein,
so wird die Nacht für Dich wundervoll sein.
Und ganz zum Schluss
gibt es einen dicken Kuss.

Gerd & Kera

In einem schönen Land,
an einem schönen Strand
lebt ein weißes Pferd
mit dem Namen Gerd.

Er fühlt sich wohl,
frisst ab und zu Kohl
trinkt Wasser viel
und liebt das Spiel.

In einem anderen Land
lebt ein Tier „Kera" genannt.
Sie ist auch ein Pferd ganz schnell
und Streifen schmücken ihr Fell.

Auch Kera braucht was zu fressen
und Wasser nicht zu vergessen.
Doch lange gab es kein Regen mehr
und die Erde gibt kein Futter her.

Kera denkt: „Oh Schreck!
Ich muss von Zuhause weg.
Ich muss in ein anderes Land.
Vielleicht mit einem schönen Strand?"

Eilig packt sie ihre Sachen,
um sich auf den Weg zu machen.
Und nach kurzer Zeit
ist es dann soweit.

Sie findet das Land von Gerd,
dem zufriedenen weißen Pferd.
Mit ihren Streifen fällt sie zwar auf,
aber das nimmt sie in Kauf.

Denn nun kann sie fressen
und ihren Hunger vergessen.
Doch nur mit Futter allein
kann keiner glücklich sein.

Sie hat die anderen gesehen
und denkt: „Soll ich zu ihnen gehen?
Was werden sie zu mir sagen?
Können wir uns vertragen?"
„Am besten ich gehe mal hin
und sag' ihnen wer ich bin."

Plötzlich steht Gerd vor ihr
und fragt: „Wie geht es Dir?
Ich hab Dich noch nie hier gesehen.
Lass uns zu den anderen gehen."

Erfreut willigt Kera ein
ist nicht mehr ganz allein.
Sie fühlt sich jetzt willkommen,
denn sie wird aufgenommen.

Kera denkt nach: „Wie war's denn bloß?"
„Was war heute sehr Schönes los?"
Basteln, Freunde, Sport und Spiel,
manchmal wenig und manchmal viel.
Dann überlege mal: „Wie war es bei Dir?"
Wenn Du möchtest, erzähle es mir.
(**Lesepause** – Lassen Sie Ihr Kind von den schönen Erlebnissen
des Tages erzählen.)

Jetzt denk' an was Tolles und schlafe ein,
so wird die Nacht für Dich wundervoll sein.
Und ganz zum Schluss
gibt es einen dicken Kuss.

Elfi, die kleine Elster

Die kleine Elster Elfi genannt,
trägt immer ein schönes Glitzerband.
Glitzer, Glimmer und Blinkblink,
Ketten, Bänder, einen Ring,
Haarspangen und Edelstein'
all' das muss es für sie sein.

Sie weiß, dass alle diese Sachen
ihr immer wieder Freude machen.
Überall glitzern und funkeln,
sogar bei Mondlicht im Dunkeln.
Das ganze Sammelsurium
liegt in ihrem Zimmer rum.

Doch eines Tages, Ach Du Schreck!,
ist Elfis schönste Kette weg.
Sie traut ihren Augen kaum
und durchsucht den ganzen Raum.
Schaut in jede Ecke rein.
„Wo kann nur die Kette sein?"

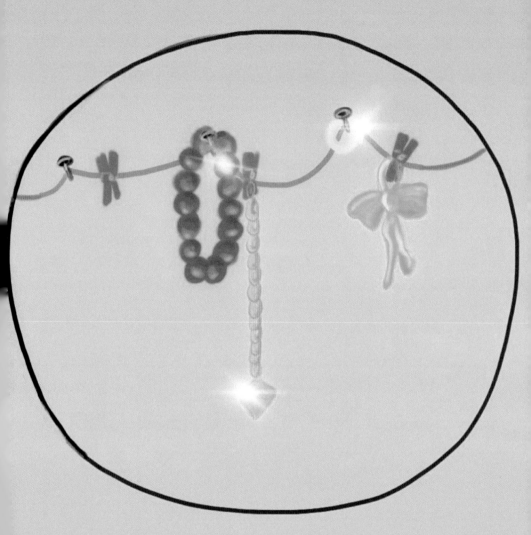

Sie ruft ihre Freundin an,
ob sie ihr mal helfen kann?
Die Freundin sagt: „Du darfst nicht vergessen,
bei uns gibt es gleich Abendessen.
Frag' doch deinen Bruder Piet,
ob er Dir 'ne Leine zieht.
Da hängst Du mit Klammern dann
Deine ganzen Schätze dran.

Glitzer, Glimmer und Blinkblink,
Ketten, Bänder, einen Ring
hebt Elfi nun vom Boden auf
und hängt sie auf die Leine drauf.
Tief unter ihrem Bett versteckt
hat sie sogar ein Spiel entdeckt.
Das legt sie ins Spielregal
und vom Stuhl den Kuschelschal
legt sie in den Kleiderschrank
weiter geht es auf der Bank.

Schuhe, Socken und noch viel mehr.
Wo kommt der ganze Kram nur her?
Elfi denkt: „Oh nein, oh nein!
Wo kann nur meine Kette sein?"

Unterm Tisch sucht sie nun weiter
findet eine Spielzeug-Leiter.
Stifte, Schere, ein Spielzeug-Baum
und traut ihren Augen kaum.

Unterm Schlafanzug versteckt
hat sie die Kette nun entdeckt.
Elfi ruft: „Hurra, Hurra!
Endlich ist die Kette wieder da."

Der schönste Platz an der Wäscheleine
gehört der Kette ganz alleine.
Elfi schaut zufrieden und gebannt
auf ihre neu geschmückte Wand.
Der Mond schaut bald ins Zimmer rein.
Was wird das für ein Gefunkel sein!

Elfi denkt nach: „Wie war's denn bloß?"
„Was war heute sehr Schönes los?"
Basteln, Freunde, Sport und Spiel,
manchmal wenig und manchmal viel.
Dann überlege mal: „Wie war es bei Dir?"
Wenn Du möchtest, erzähle es mir.
(**Lesepause** – Lassen Sie Ihr Kind von den schönen Erlebnissen
des Tages erzählen.)

Jetzt denk' an was Tolles und schlafe ein,
so wird die Nacht für Dich wundervoll sein.
Und ganz zum Schluss
gibt es einen dicken Kuss.

Mona, die kleine Maus

Mona heißt die kleine Maus
für sie ist alles sehr schnell aus.
Sie traut sich sehr wenig zu
und gibt immer auf im Nu.

Versteckt sich hinter Mamas Rücken.
Traut sich kaum hervor zu blicken.
Jeden Tag im Kindergarten
muss die Mama lange warten
bis Mona in die Gruppe geht
und nicht mehr an der Türe steht.

Die anderen Mäuse spielen schon
doch Mona – sie sagt keinen Ton.
Elke Maus kommt angerannt,
nimmt Klein-Mona an die Hand.
Geht mit ihr zu den Mäusen hin
und flüstert: „Fragen ist nicht schlimm!"

Monas Angst ist ziemlich groß
und sie denkt: „Was mach ich bloß!"
Sie schaut nochmal Elke an
Und fragt die anderen Mäuse dann:

„Darf ich auch in die Puppenecke rein?"
Svenja sagt: „Du kannst das Baby sein."
Erleichtert und glücklich ist Mona nun
und will es beim nächsten Mal wieder so tun.

Mona denkt nach: „Wie war's denn bloß?"
„Was war heute sehr Schönes los?"
Basteln, Freunde, Sport und Spiel,
manchmal wenig und manchmal viel.
Dann überlege mal: „Wie war es bei Dir?"
Wenn Du möchtest, erzähle es mir.
(**Lesepause** – Lassen Sie Ihr Kind von den schönen Erlebnissen
des Tages erzählen.)

Jetzt denk' an was Tolles und schlafe ein,
so wird die Nacht für Dich wundervoll sein.
Und ganz zum Schluss
gibt es einen dicken Kuss.

Buchempfehlung:

Abenteuer-Urlaub im Wohnmobil erleben!

Kennst Du ein Wohnmobil von innen? Warst Du schon mal im Wohnmobil auf der Toilette oder hast Dich im Wohnmobil geduscht? Wie wird im Wohnmobil gekocht? Dies und mehr kannst Du in diesem Kinderbuch anhand von Bildern und Reimen erleben.

Viel Spaß beim Verreisen mit Tom und seinen Großeltern im Wohnmobil an ein fernes Ziel!